AF357740

Collection de feu M. Edard LAPLANTE

CHEVALIER DE L'ORDRE DE PIE IX

NOTICE

D'UNE RÉUNION CONSIDÉRABLE

DE

PORTRAITS

D'ESTAMPES

ET SCÈNES HISTORIQUES

Cette Collection de Portraits des Princes de l'Église est une des plus complètes qui aient jamais été formées. On y trouvera un nombre considérable de Portraits de **Papes, Cardinaux, Archevêques** et **Évêques**, gravés par Th. DE LEU, Léonard GAULTIER, Aug. CARRACHE, NANTEUIL, MORIN, MELLAN, VAN SCHUPPEN, etc., etc.

LA VENTE AURA LIEU LE LUNDI 4 FÉVRIER 1867

A UNE HEURE ET DEMIE,

HOTEL DES COMMISSAIRES-PRISEURS

RUE DROUOT, 5, SALLE N° 7

Par le ministère de Me **DAUPELEY**, Commissaire-Priseur, rue du Hasard-Richelieu, 15,

Assisté de MM. **BLAISOT**, rue de Rivoli, 178, et **LAVIGNE**, rue de Trévise, 38, Experts.

PARIS — 1867

RENOU & MAULDE

IMPRIMEURS DE LA COMPAGNIE DES COMMISSAIRES-PRISEURS

Rue de Rivoli, 144.

Collection de feu **M. Edard LAPLANTE**

CHEVALIER DE L'ORDRE DE PIE IX

NOTICE

D'UNE RÉUNION CONSIDÉRABLE

DE

PORTRAITS

D'ESTAMPES

ET SCÈNES HISTORIQUES

Cette Collection de Portraits des Princes de l'Église est une des plus complètes qui aient jamais été formées. On y trouvera un nombre considérable de Portraits de **Papes**, **Cardinaux**, **Archevêques** et **Évêques**, gravés par Th. DE LEU, Léonard GAULTIER, Aug. CARRACHE, NANTEUIL, MORIN, MELLAN, VAN SCHUPPEN, etc., etc.

LA VENTE AURA LIEU LE LUNDI 4 FÉVRIER 1867

A UNE HEURE ET DEMIE

HOTEL DES COMMISSAIRES-PRISEURS

RUE DROUOT, 5, SALLE Nº 7

Par le ministère de Mᵉ **DAUPELEY**, Commissaire-Priseur,
rue du Hasard-Richelieu, 15,

Assisté de MM. **BLAISOT**, rue de Rivoli, 178, et **LAVIGNE**, rue de Trévise, 38, Experts.

PARIS — 1867

CONDITIONS DE LA VENTE

Elle sera faite au comptant.

Les Adjudicataires paieront, en sus du prix des adjudications, CINQ CENTIMES PAR FRANC.

DÉSIGNATION

ESTAMPES

1 — Vues extérieure et intérieure de la basilique de Saint-Pierre de Rome, par Panini et Vasi. 5 pièces.

2 — Diverses Vues de Rome, gravées par Piranesi. 15 pièces.

3 — La Vierge à la chaise et la Vierge et l'Enfant Jésus, d'après Raphaël, par Fontana et Biondi. 2 pièces.

4 — Le Martyre de saint André, gravé par Volpato, d'après le Guide.

5 — La Vierge, l'Enfant Jésus et saint Jean; gravée par Marcucci, d'après Agricola. Épreuve avant la lettre, elle est signée de la main de S. S. Pie IX.

6 — Le Christ consolateur, d'après Ary Scheffer, gravé par Henriquel Dupont. Très-belle épreuve sur papier de Chine.

7 — Sujets religieux, d'après Thorwaldsen, Overbeck et autres. 26 pièces.

8 — Pèlerinage à Saint-Nicolas, gravé par J. Mathieu, d'après de Launey. Épreuve avant la lettre; 5 pièces gravés par Fessart. 7 pièces.

9 — Les Moissonneurs, gravés par Mercuri, d'après Léopold Robert. Ancienne épreuve tirée sur papier de Chine.

10 — Tableaux historiques de la Révolution française, gravées par Helman. 16 pièces.

11 — Les Batailles de la Hogue et de la Boyne, gravées par Woollet et Hall. 2 pièces.

12 — 15 Pièces d'après Raphaël, par Poilly, Avril et Frey.

13 — 6 Pièces gravées par Bettelini, Ottaviani et Volpato, d'après le Pérugin et le Titien.

14 — 6 Pièces gravées par Perfetti, Dalco et Thévenin, d'après le Guide.

15 — 49 Pièces gravées par Callot et Della Bella.

16 — 22 Pièces, d'après Michel-Ange, Fra Bartholomeo et Fr. Barroche, gravées par Bloémart, Cunégo et autres.

17 — 24 Pièces d'après Ann. Carrache et autres, gr. par Roullet, Poilly et Frey.

18 — 38 Pièces, d'après P. de Cortone, Ciro Feri et autres, gr. par Bartolozzi, Frey, Bloémart et Pietre Sante.

19 — 15 Pièces, d'après le Corrège, Carlo Dolci et Cadès, gr. par Frey et Cunégo.

20 — 18 Pièces, d'après le Dominiquin et autres, gr. par Poilly, Frey et Cunégo.

21 — 16 Pièces : sujets religieux gravés par Mellan.

22 — 16 Pièces gravées par Pinelli.

23 — 18 Pièces, d'après le Guide, gr. par Ottaviani, Rosaspina et Poilly.

24 — 16 Pièces, d'après le Guerchin et autres, gr. par Bloemart et Bartolozzi.

25 — 15 Pièces, d'après Lanfranc, Lebrun et Lambert, gr. par Audran, Cunégo et Sadeler.

26 — 20 Pièces, d'après Carlo Maratte, Dorigny et autres, gr. par Aquila et Frey.

27 — 14 Pièces, d'après Mucian et autres, gr. par Cunégo et Aquila.

28 — 25 Pièces, d'après Rubens et le Poussin, gr. par Thomassin et Pontius.

29 — 16 Pièces, d'après Sadeler, Spranger et autres.

30 — 22 Pièces, d'après le Titien, Paul Véronèse, etc.

31 — 4 Pièces, d'après le Guide et Carle Maratte, gr. par de Frey et Aquila.

32 — 6 Pièces, d'après Vernet et Schnetz, gr. par Balechou et Dien.

33 — 12 Pièces, d'après Raphaël, Domenico Guidi et autres.

34 — 20 Pièces, d'après Fréd. Zuccaro, Paul Véronèse et Vannius.

35 — 15 Pièces, d'après Daniel de Volterre, Villaména et Paul Véronèse.

36 — 11 Pièces, d'après le Pérugin, Boticelli et Signorelli. Plusieurs sont avant la lettre.

37 — 22 Pièces, d'après Raphaël et Jules Romain.

38 — 50 Pièces environ, d'après Raphaël, par de Frey et Aquila.

39 — 52 Pièces gravées, d'après Raphaël, et photographies d'après les grands maîtres et les monuments antiques.

40 — Vues de monuments de Rome, par Falda, Vasi et autres. 100 pièces.

PORTRAITS DES PAPES

41 — **Saint Anicet, saint Alexandre** et autres papes. 38 pièces.

42 — **Saint Grégoire** et autres papes. 75 pièces.

43 — **Eugène II** et **Nicolas V**. 17 pièces.

44 — **Jean XVI, Benoît IX** et autres papes. 74 pièces.

45 — **Boniface VIII, Jean XXII** et **Grégoire XII**. 42 pièces.

46 — **Pie II**. 8 pièces.

47 — **Sixte IV**. 10 pièces.

48 — **Innocent VIII**. 7 pièces.

49 — **Alexandre VI** et **Pie III**. 10 pièces.

50 — **Jules II** et **Grégoire IX**. 9 pièces gravées par
Marchetti, Morel, etc.

51 — **Léon X**. 11 pièces gravées par Lignon, G. Marri
(avant la lettre).

52 — **Adrien VI**. 11 pièces.

53 — **Clément VII**. 20 pièces.

54 — **Paul III**. 17 pièces, dont une gravée par Augustin
Vénitien.

55 — **Jules III**. 8 pièces.

56 — **Marcel II**. 7 pièces.

57 — **Paul IV**. 8 pièces.

58 — **Pie IV**. 9 pièces.

59 — **Pie V**. 16 pièces, dont une gravée par Martin Rota.

60 — **Grégoire XIII**, gravé par Augustin Carrache;
très-belle épreuve.

61 — **Grégoire XIII**. 15 pièces, dont une gravée par
Chérubin Albert.

62 — **Sixte V**. 16 pièces.

63 — **Urbain VII**. 6 pièces, dont une gravée par Chérubin Albert.

64 — **Innocent IX**, gravé par Augustin Carrache;
très-belle épreuve du 1ᵉʳ état.

65 — **Innocent IX**. 4 pièces.

66 — **Clément VIII**. 18 pièces gravées par Léonard
Gaultier, Thomas de Leu, Crispin de Pass et Mathieu
Greuter. (Sera divisé.)

67 — **Léon XI**. 10 pièces.

68 — **Paul V**. 9 pièces.

69 — **Grégoire XV**. 8 pièces.

70 — **Urbain VIII**. 34 pièces.

71 — **Innocent X**. 15 pièces.

72 — **Alexandre VII**. 26 pièces gravées par Spierre Van Schuppen et N. Pitau.

73 — **Clément IX**. 15 pièces par Bonnart, Vallet et John Hall.

74 — **Clément X**. 9 pièces.

75 — **Innocent XI**. 16 pièces, dont une gravée par Albert Clowet.

76 — **Alexandre VIII**. 18 pièces.

77 — **Innocent XII**. 16 pièces.

78 — **Clément XI**. 24 pièces.

79 — **Clément XI, Innocent XI et Innocent XII**. 3 portraits gravés par Blondeau et Rossi.

80 — **Innocent XIII**. 8 pièces.

81 — **Benoît XIII**. 17 pièces.

82 — **Clément XII**. 15 pièces.

83 — **Benoît XIV**. 16 pièces.

84 — **Clément XIII**. 9 pièces.

85 — **Clément XIV**. 26 pièces.

86 — **Pie VI**. 26 pièces. (Sera divisé.)

87 — **Pie VII**. 19 pièces gravées par Raph. Morghen, Bourgeois, De Boissieu et autres.

88 — **Pie VII**. 21 pièces gravées par Samuel Cousins, Balestra, Folo et Pinelli, d'après Reynolds et autres. (Sera divisé.)

89 — **Léon XII**. 17 pièces gr. par Perrichini, Barocci et autres.

90 — **Pie VIII**. 11 pièces.

91 — **Grégoire XVI**, gravé par Henriquel Dupont.

92 — **Grégoire XVI**. 20 pièces.

93 — **Sa Sainteté Pie IX**. 21 pièces par Salmon, Ju vara et Blanchard. (Sera divisé.)

94 — **Sa Sainteté Pie IX**. 20 pièces : Photographies et Gravures. (Sera divisé.)

PORTRAITS

CLASSÉS PAR ORDRE ALPHABÉTIQUE

95 — Card. Acciajolus, Petrus Aerodius par Léonard Gaultier, Affre, l'Albane, card. Albani, card. Albéroni, Chérubino Alberti par Pazzi, card. Aldobrandini. 48 pièces.

96 — Alexandre VII par Van Schuppen, Alexandre VIII, saint Alexis par Mellan, Alfieri par Anderloni et Raph. Morghen, saint André Avellinus, Marie-Thérèse-Charlotte, par Mansfeld. 53 pièces.

97 — Anne, reine d'Angleterre; Anne d'Autriche, par Mellan, Morin et Schmidt; saint Antoine, saint Antoine de Padoue, card. Antonelli, Appiani, d'Argental. 40 pièces.

98 — Ant. Arnauld par Edelinck et Massard, Auguste II, saint Augustin par Mellan, card. de La Tour d'Auvergne, par Drevet · Azara, par Cunégo. 42 pièces.

99 — Card. de Bagni, Cl. Ballin, Balzac, card. Barberinus, Antoine Barberin, par Larmessin. 46 pièces.

100 — Card. Baronius, par Léonard Gaultier, Fra Bartholo-
méo, saint Basile, card. de Bausset, Bayard. **28 pièces.**

101 — Pomponne de Bellièvre par Edelinck; Jean Belin,
Pietro Bembo **par Longhi;** saint Benoît, par Cunego,
Benoit XIII, par Gaillard et **Frey;** Benoit XIV, par
Frey. **42 pièces.**

102 — Card. Bentivoglio, par Mellan et Picchianti; saint
Bernard par Mellan, Campanella et Cunégo. **30 pièces.**

103 — Card. de Bernis, par Cunego; Pietre de Cortone,
Pierre Berthier par Morin, card. de Berulle. **34 pièces.**

104 — Jérôme Bignon, Henry de Bissy, Jacques Blanchard,
David Blondel, par Nanteuil; Boileau; card. de Bonald.
35 pièces.

105 — Bonaparte, par Aristide Louis; Caroline Murat, par
Fontana. **38 pièces.**

106 — Bossuet, par Gantrel, Edelinck et Drevet; Antoine de
Bourbon, Henri de Bourbon, par Gaillard, Victor Le
Bouthillier par Mellan. **40 pièces.**

107 — Brisacier par Masson, saint Bruno par Mellan, Gaspard de Buffalo, Buffon par Savart, Michel-Ange.
43 pièces.

108 — Card. Buoncompagni, Mme de Miramion par Fiquet,
Bordone, card. Borghèse, saint Charles Borromée, saint
Bonaventure. **45 pièces.**

109 — Calasancti par Campana, J. Callot, Calmet, Camuc-
cini par Bettelini, P. Camus par Mellan; Canova par Anderloni, Rosaspina et Fontana, card. Carraciola, Ann.
Carrache. **57 pièces.**

110 — Carafa, Jean de Carondelet, le marquis de Castelnau,
par Nanteuil; Luigi Castiglione par Volpato, sainte Catherine, Catherine de Russie. **50 pièces.**

111 — Sainte Cécile, B. Cellini, B. Fremiot de Chantal par
Tardieu et Carlo Grandi. **28 pièces.**

112 — Charles-Quint par Garavaglia et Suyderhoëf, Charles XII par Tardieu, Charles III par Raph. Morghen et Carmona. 33 pièces.

113 — François Chauveau par Edelinck, Lefebvre de Cheverus, Virginia et Augustin Chigi, card. Chigi par Roullet. 26 pièces.

114 — Christine de Suède, sainte Claire, Clément VIII, Clément XII par Frey, Clément XIV par Cunégo et Volpato, Marie-Adélaïde de France, par Cathelin. 40 pièces.

115 — Petrus de Coislin par Nanteuil, Colbert, card. Colonna, Concini, le grand Condé. 55 pièces.

116 — Card. Corsinus, Côme II, Crébillon par Moitte, Crillon. 64 pièces.

117 — Claude Deruet par Callot, d'Alembert, le Dante, Louis d'Orléans de la Mothe par Vangélisty. 39 pièces.

118 — Descartes, saint Dominique, card. Despuig, card. Donnet. 48 pièces.

119 — Le c^te du Bourg, par Tardieu; Duguay-Trouin, Mgr Dupanloup, par Martinet; Petrus Dupuis, par Masson, André Du Val, par Michel Lasne. 35 pièces.

120 — Eléonore de Pologne, Jacob Emery, par Massard; Erasme, Van Ertvelt, par Bolswert; Gabrielle d'Estrées, par Fiquet; card. César d'Estrées. 37 pièces.

121 — Card. Farnèse, par Rossi; Favereau, Claude Fauchet, Fénelon, par Benoît Audran et Saint-Aubin. 28 pièces.

122 — Ferdinand Ier, card. Ferrari, Ch. de Fieux, par Fessart. 25 pièces.

123 — Card. de Fleury, par Chereau; Fontana, card. Fornari, Fouquet, par Gaillard; de Fourcy, par Masson. 31 pièces.

124 — Saint François, par Frey et Mellan; saint François de Paule, saint François-Xavier, par Poilly; saint François de Sales, par Visscher. 33 pièces.

125 — François II, roi de Naples, par Metzmacher; le
Grand Frédéric, Jacob Frey, par Haïd; Fromentières,
par Van Schuppen. 43 pièces.

126 — Saint Gaiëtanus, par Mellan; Philippe Gallæ, par
Goltzius; P. Gassendi, par Mellan et Nanteuil; sainte
Geneviève, par Mellan; George IV, par Marchetti; Ghe-
rardi, par Edelinck. 52 pièces.

127 — Luca Giordano, Giotto, Portrait d'homme, par Goltzius; Antoine, Albert, Pierre, Henry, Jean-François et
Philippe de Gondy, par Duflos. 63 pièces.

128 — Grégoire XIII, Grétry, par Cathelin; De Grimaldi,
par Lemire, card. Gualterius, le Guerchin, card. de
Guise, par Thomas de Leu. 53 pièces.

129 — Ach. de Harlay, Henri de Harcourt, par Chereau;
Henri de Lorraine, par Fiquet; Henri VIII, Henri IV,
par Tardieu. 36 pièces.

130 — Hollar, card. Hosius, Vincent Hottman, par Simon.
40 pièces.

131 — Saint Ignace de Loyola, par Vermeulen et Frey;
Innocent X, XII et XIII, Isabelle d'Espagne, par Van
Sompel; saint Isidore. 34 pièces.

132 — Saint Jean-Baptiste, saint Jean de la Croix, par
Roullet; saint Jean, par Cunégo. 34 pièces.

133 — Saint Jérôme, par Mellan; Joseph II, par Lebeau;
card. de Joyeuse, Leclerc de Juigné, card. Justinianus.
30 pièces.

134 — Angelica Kauffmann, Kosciusko. 14 pièces.

135 — Le Père Lacordaire, La Fontaine, par Fiquet; Pierre
Lalemant, par Nanteuil. 32 pièces.

136 — Card. Lambruchini, Lamennais, Largillière, par
Wille; card. Larochefoucauld, le Bienh. Laurentius,
par Cunégo, Beaumanoir de Lavardin, par Nanteuil.
47 pièces.

137 — Et. Le Camus, Nicolas Lefèvre, par Edelinck; Anne
Lefèvre, par Gaillard; Tillemont, par Edelinck; Nic. du
Fresnoy, par Tardieu; Léon XII, par Perrichini.
32 pièces.

138 — Lesueur, par Van Schuppen; Louvois, par Gaillard;
Jean Livens, saint Alphonse de Ligori. 42 pièces.

139 — René Longueil, par Nanteuil; Henri de Lorraine,
par Morin; Longhi, par Schiavoni; Louis XIII, Titre de
livre, par Grég. Huret. 40 pièces.

140 — Louis XIV, d'après Rigaud; Joseph III, d'après
Pompeo Battoni. 2 pièces.

141 — Louis XIV, par Cossin; Louis dauphin, par Wille et
Dupuis; Louis XVI, par Dassori; Louis XVIII, par Gout-
tière; Albert de Luynes, par Fessart. 37 pièces.

142 — Machiavel, Olympe Maldachini, par Coelmans; card.
de Mailly, par Drevet; Mme de Maintenon, par Lépicié;
Malherbe, Malvasia, Hortense Mancini, Carle Maratti.
46 pièces.

143 — De Marca, par Van Schuppen; Marguerite de Lorraine, par Van Sompel; Marie, impératrice d'Autriche,
par Suyderhoëf; Marie-Madeleine d'Autriche, Marie de
Médicis, par Van Sompel; Marie-Louise-Amélie, infante
d'Espagne. 50 pièces.

144 — J.-B. Marinus, par Greuter; Claude de Marolles, par
Mellan; Card. Martellus, J. Mascaron, par Edelinck,
Massillon. 28 pièces.

145 — Card. Mathieu, Mattei, Matthias, Empereur d'Alle-
magne, l'abbé Maury, Maximilien d'Autriche, par Suyderhoëf; le card. Mazarin, par Chateau et par Nanteuil.
33 pièces.

146 — Card. de Médicis, par Laugier; Mézerai, par Balechou; Métastase, par Pozzi; Ant. de Mesmes, par Nanteuil; André Memmo, Mercator. 45 pièces.

147 — Louis Micara, Mignard, par Fiquet ; Mirabeau, Malhieu Molé, par Mellan ; Molière, François de Moncada, par Suyderhoëf ; Montaigne, par Henriquel Dupont. 40 pièces.

148 — Gaspard Montenero, Montmorency-Laval, Moreri, par Edelinck ; Card. Morlot, Lamothe Levayer, par Nanteuil ; Murat, par Fontana ; Muratori, par Garavaglia. 48 pièces.

149 — Napoléon III, par Blanchard ; l'Impératrice Eugénie, par Pollet ; la Reine Victoria et le Prince Albert, par Ryal. 4 pièces.

150 — Le comte de Nassau, par Suyderhoëf ; Necker, Newton, le P. Nickel, Nicolas III, pape, cardinal de Noailles, Van Noort, par Van Dyck ; Novion, par Nanteuil. 50 pièces.

151 — O'Connell card. Odescalcus, Olier, Oliva, par Simon ; card. Orioli, Henri d'Orléans-Longueville, Gaston d'Orléans, Philippe d'Orléans, régent. 34 pièces.

152 — Cardinal d'Ossa, card. Ottobonus, par J. Audran, Owerbeck. 25 pièces.

153 — Cardinal Pacca, Palamèdes, d'après Van Dyck ; Pallotti, le P. Pallu, Pamphilius, Bernard Paoli, Pascal, Passeri, Ambroise Paré. 45 pièces.

154 — Le marquis de Pastoret, gravé par Henriquel Dupont d'après Delaroche ; épreuve sur papier de Chine.

155 — Charles Patin, par Masson ; saint Paul, Paul IV, B. Paolo della Croce, card. Paulutius. 24 pièces.

156 — De Peiresc, par Mellan ; Pélisson, par Edelinck ; Perellius, le R. P. Pérussault, par Beauvarlet ; Pétrarque. 30 pièces.

157 — Saint-Philippe de Néri, par Morghen ; Philippe III, par Houbraken ; Piazzetta, le R. P. Piccolomineus. 29 pièces.

158 — Pie VI, par Raphael Morghen ; Pie IX, saint Pierre, Pierre le Grand, par Saint-Aubin ; Aloysius Pisani, par Bartolozzi ; fr. Pithœus, par Van Schuppen ; Pittiscus, par Van Gunst ; card. de Polignac, card. Polus, par Larmessin. 45 pièces.

159 — Pope, Charles Porta, par Anderloni ; Nicolas Poussin, Réné Pucelle, Quinault, par Edelinck ; Quirini, par Gaillard. 46 pièces.

160 — Portraits et sujets divers gravés par Mellan. 25 pièces.

161 — Portraits, Compositions allégoriques et Vues de monuments. 64 pièces.

162 — Roger de Rabutin, par Edelinck et Gaillard; Racine, par Savart; Jean, abbé de Rancé, Raphaël, par Bisi; le P. de Ravignan, par Martinet. 35 pièces.

163 — Cl. de Rebé, par Mellan; Reuterholm, par Carattoni, R. P. fr. Retz. 17 pièces.

164 — Laurent Ricci, card. de Richelieu, par Rousselet; Moncornet et Mellan, Richelet, par Michel Lasne; Rodriguez. 34 pièces.

165 — Cardinal de Rohan, Rollin, card. Rospigliosi, par Simon; Thomas Rospigliosi. 30 pièces.

166 — Rousseau, Rubens, par Benoît; Ruyter. 22 pièces.

167 — Sadeler, Poulain de Sainte Foix, par Lemire; Jacques de Sainte-Beuve, André Sacchi, Paolo Sarpi, Savonarola. 58 pièces.

168 — Schiavone, Michel Schmidt, De Schomberg, par Gaillard; Ch. Schwartz, Schwarzenberg, Scipion, par Pontius ; Séguier, par Mellan. 27 pièces.

169 — Cardinal Sfrondatus, Simon de Roxas, Jacques Sirmond, Sixte V. 29 pièces.

170 — Jean Soanen, Soccino, Agnès Sorel, De Sourdis, card. Spada, card. Spinelli, Spinosa. 38 pièces.

171 — Spondanus, saint Stanislas Kotska, Stefaneschi, par Pazzi; Stradan, Sully, Laurentius Surius. 26 pièces.

172 — Le Tasse, par Mercuri; Antoine Tempesta, card. de
Tencin, par Wille; Joseph Terray, par Cathelin. **30** pièces.

173 — Pietre Testa, sainte Thérèse, saint Thomas Dydime,
card. Thomassius, par Cunégo; Lud. Thomassinus, par
Van Schuppen, le comte de Tilly, par Vosterman; le
Titien. **37** pièces.

174 — Colomba de Tofaninis, par Bloémart; La Tour d'Auvergne, par Schmidt; La Trémouille, Trévisani, And.
Turchi, par Raphael Morghen; Turenne. **22** pièces.

175 — Vélasquez, Vintimille, Véron, Pietro Vettori, Clément
Villecourt, Villemonté, par Mellan. **38** pièces.

176 — Duc de Vendôme, par Nanteuil; Charles de Valois,
par Fiquet; card. de Vendôme, Van Dyck, par Clowet.
35 pièces.

177 — Saint Vincent de Paul, Vischer, Vizzardelli, Voiture,
Voisenon, Volpato, Volta, Domenica Volpato, par Morghen; Voltaire. **38** pièces.

178 — Washington, Weber, Weld, Wicar, le P. Yves,
Zaccaria. **42** pièces.

179 — Sous ce numéro, environ 200 pièces non catalo-
guées.

LIVRES

A la suite des Portraits seront vendus 1,200 volumes reliés
et brochés : Bible de Genoude, Bossuet Lefèvre, Bourdaloue,
Berruyer, Fénelon, Fléchier, Gaume, Godesear, Saint-Au-
gustin, Lacordaire, Biot, Rohrbacher, Nevaux, Histoire des
Pontifes, Numismatique des Papes, Basiliques du Vatican, de
Saint-Jean-de-Latran et de Sainte-Marie-Majeure, Armen-
gaud, Batissier, Dumont-Durville, Châteaubriand 36 volumes,
P.-L. Courier, La Fontaine de Grandville, Lamennais, Nor-
vins, Saint-Simon, Scribe, Thiers, Livres illustrés, etc.

Renou et Maulde, imprimeurs de la Compagnie des Commissaires-Priseurs,
rue de Rivoli, 144.   68 ?